心里满了，就从口中溢出

用力放轻松

宁不远 著

SPM
南方传媒

广东人民出版社
·广州·

图书在版编目（CIP）数据

用力放轻松 / 宁不远著 . —— 广州 : 广东人民出版
社 , 2025. 7. —— ISBN 978-7-218-18545-3

Ⅰ . Ⅰ227

中国国家版本馆 CIP 数据核字第 2025467MB0 号

YONGLI FANG QINGSONG
用力放轻松

宁不远　著

出 版 人：肖风华

责任编辑：熊　英
特约编辑：何小竹
装帧设计：onesto LAB
责任技编：赖远军
营销编辑：小　飞

出版发行　广东人民出版社
地　　址：广州市越秀区大沙头四马路 10 号（邮政编码：510199）
电　　话：（020）85716809（总编室）
传　　真：（020）83289585
网　　址：https://www.gdpph.com
印　　刷：北京美图印务有限公司
开　　本：787mm×1092mm　1/32
印　　张：6　　**字　　数**：144 千
版　　次：2025 年 7 月第 1 版
印　　次：2025 年 7 月第 1 次印刷
定　　价：56.00 元

如发现印装质量问题，影响阅读，请与出版社（020-85716849）联系调换。
售书热线：020-87716172

目录

1

把手机摄像头

对准那片竹林

屏住呼吸 30 秒

同时想象

一部电影的开场

小练小时候跟我

回老家米易

第一次看见山

她说哇好大一坨山

绘本上见过狼

遇到大狗她也说是狼

我说那不是狼是狗

后来看见一匹马

她说哎呀那儿有条大狗

至于妹妹小素

她用了很长时间才

把我奶奶叫成祖祖

把奶奶家的狗

叫成仔仔而不是祖祖

下班回家就好困

在沙发上躺着

做了一个梦

披萨问我吃不吃消防车

我说不想吃

他又问我

那吃不吃垃圾车

我太困了

只好说吃吃吃

醒来看见手里真的

有一辆车

是洒水车

古人，中国古人

我没见过他们说

我想你

他们只说

来日绮窗前

寒梅著花未

我也没见过他们说

我爱你

那么他们

在爱情降临的时候

说什么呢

施肥除草修枝

被蚊子咬的早晨

最后还是

发了花开的照片

到朋友圈

今天下大雨

没有雨伞

还去不去那家餐馆呢

不想被淋雨

又担心不去的话

那个老板站在灶台边

一边炒菜一边感叹

昨天那个路过的姑娘呢

她说今天来

今天咋还不来

怎么就走了 13023 步

有点想不明白

捋一捋

早上送披萨

中午散步

下午接披萨

买菜

送小练学琴

晚上给小素买薯片

哦

买薯片回来

有点烦

故意多拐了几个弯

送给自己

准确说

是一团类似于蛇的暗影

然后杰克（一只狗）跑过去

暗影就簌簌消失在草丛里

现在回忆起来

似乎是蛇的可能性

只有百分之八十

而当时的感觉是百分之百

当时我吓得躲在戈子的身后

戈子也是个怕蛇的女人

但那蛇（暗影）出现在

她家门口之后

她还敢一个人住在家里

而我此刻

仅仅是写下"蛇"这个字

也需要一点勇气

从不以

喝速溶咖啡

为耻

他说角落

角落就变美了

他又说温暖

忍不住想起温暖的事

他还说遮挡

眼前出现

挂着窗帘的房间

他最后说了加油

我就想

好好做人

这不就是

在无中

生出有来

每天早晨

幼儿园门口

来来去去

送孩子上学的

年轻妈妈们

可算是

患难之交了吧

都见过

蓬头垢面的

彼此

真的有这回事吗

一到冬天

就觉得哪里不对劲

请看百度百科——

　　"冬季忧郁症患者每到冬季，因为气候寒冷，
阳光微弱，景物萧瑟的情景，就会感到精神上有股
无形的压力，整天陷于郁郁寡欢的情绪之中，忧郁
沉闷，注意力不能集中，工作效率降低：好像整个
世界都变得冷冷清清、没有活力；贪睡多梦、睡眠
质量差、无精打采：这些人的食欲往往较差或贪食，
总喜欢吃富含碳水化合物的食物，他们喜欢将自己
关在屋里，不愿外出社交，对什么也不感兴趣。"

身体里的某些部分有些糟糕

言不尽意

银杏叶在无声的角落掉了一地

也没有在冬天开始的时候

听见土拨鼠相爱的私语

但是无所谓

年岁里长出的宽容

要留三分之一给自己

对面邻居家的阳台上

挂了两串香肠

一周后只剩下一串

川味

那么广味那串

很好吃吧

何小竹的小说《动物园》里

有个卖乌龟的女人

印象太深刻以至于那天

从陈锦茶铺走出来一个

卖乌龟的女人

我差点就问她

你认识何小竹吗

她去西南方

路上看见

东方的枝条　渐渐红了

冬天来得晚

傍晚来得早

太阳就要落山

她在想

对一个人温柔

其实是

献给自己的温柔

几个刚认识的人

在认真而刻意地聊天

突然谁都没说话

为了化解尴尬

她说大家

不说话的这几秒

是因为有精灵飞过

后来再有这样的时刻

就真的看见

精灵飞来飞去

这样会很爽

不信你试试

对着小卖部老板

大吼一声

来一支雪糕

要最贵的

张峡她

每次拍完合影

都问大家

这一张我像不像

北野武

我说你

哪里像北野武

不过你总说北野武

以后看到你

就会想起

北野武

李枫枫的爱

对一位新认识的

牙科医生的爱

停止在下飞机后

他接上她去玉林

啃兔儿脑壳

早上出门往大路走

看见路边一朵红山茶

停下来

看了三秒

傍晚回来

又看见这朵红山茶

这回看了十秒

离开的时候想

下回看一分钟吧

一分钟

才对得起它

开始写小说后

发朋友圈就少了

就算要发

也是发手机拍的照片

那三个镜头

分别是定焦 35、56 和 85

早已习惯被放在

书柜的最上层

其实咖啡也不敢喝

喝了要失眠

就连下午三点

麦当劳的一杯奶茶

都会在深夜搞得人

清醒白醒

也因此

所有美妙的事

只能在上午发生

过午不茶

所以

面对这杯晚到一小时的

星巴克

犹豫了很久

最后只能说

对不起

在错误的时间

遇见了错误的你

去年此时

车行至鲁朗

拍了一张窗外

发给遥远的旧人

而现在

鲁朗迎来又一个夏天

接着是秋天和冬天

还有春天

那么从现在起

旧人和鲁朗

都是新的了

在别处拍照

总希望照片里没人

这里人太少

就喜欢对着人拍

实在找不到人

一只狗也行

二大爷是个姑娘

二十五岁，民宿店长

上岛一年明天离开

下一站去别处

也做民宿店长

而此前已经大江南北

五六家民宿

做过五六年店长

我问二大爷

准备一个人到处做店长

到什么时候

二大爷说

再做几年店长

三十岁就

回家陪妈妈

一只手搭在他肩膀上

另一只手紧抓住

身后不知什么部件

他说别担心

我技术没问题

我就把两只手

搭在了他的肩膀上

要在下山后告诉他

上一次坐摩托

是在二十九年前

父亲那时正年轻

马路中央

风吹起一只塑料袋

飘啊飘的

绿灯亮起时

落在了一棵

红叶李旁

洗衣房阿姨指给我看

电线杆上的海报

艺术家你看

上面写了

我们这里今后的定位是

海边风情小镇

哎

本艺术家

不想解风情

充满了安全感的温暖

自始至终带着友谊

这友谊有一天会变成爱情

然后再过些日子

"她当然知道"

爱情又会

熄灭为友谊

为一件事心里不舒服

过一会儿那个事已经忘了

但不舒服的感觉还在

就想这是为了什么来着

想啊想

想起了那个事

继续不舒服

小韩剃了光头

我们这才惊觉

他以前

不是光头

是很具体地设想过

在草原上挖个洞

就红原吧

或者再往前些

若尔盖　花湖附近

海拔三千多

周围除了草什么都不要有

带一把铲子

下过雨的土地松软

很快就挖好了

一人高　三尺见方

跳进去坐下来

随身带一听啤酒

口渴了喝一口

其他时间是不是就能

获得想象中的平静

车子在地下车库熄火了

不想下车

反正这个时间

娃儿们都睡着了

（如我所愿）

打开朋友发来的视频

讨论了一下

各自喜欢的艺术家

以及，喜欢一个人犯法吗

不让喜欢才犯法吧

放一首巴赫

为了惊醒墙角的野猫

车载音响开到最大

最后在挡风玻璃下看见

不知何时放在这里的

一包喜糖

就这样回到人间

月白风清

远山如黛

早起的鸟儿

不吃虫子

到底是

因为下雨

就想起你

还是一想起你

就下起了雨

这个问题不重要

重要的是

下雨

以及想你

他发来 10 秒的语音

我反复听

听出有鸟叫

在第一秒处

叫了一声

之后就是静默

他说，录音之前

有很多鸟叫

没录到

我说没关系

听到了

是布谷鸟的叫声

小区里的大叶榕

在春天

被工人修了枝

光秃秃地

暴露在空气中

好像它们

做错了什么

上一次为失败而哭泣

已经是十年前

对轻易到来的好事

保持审慎的乐观

习惯倾听

并且没什么话

一定要对别人讲述

不再相信永恒

却能看见无数个

永恒的瞬间

染房里的画娘

王优里勒七十三岁

不久前死了女儿

画娘们说

王优里勒她

回家去了

她女儿死了

她不会

再回染房来了

但很快

王优里勒回来了

她说女儿死了

每天不知道

还能去哪里

所以她又回来了

陈老师

请转身

笑一个

陈老师转身

嘿　陈老师说

最好的东西

李伦他没拍到

徒
步

各位大神

我在落实《蛤蜊》

九月一日至十月三日巡演

华南华东

目前已经在

签合同阶段

请大家把

时间预留出来

昆明米线

南宁螺蛳粉

广东早茶

南昌杭州

上海苏州

南通南京等地

在翘首

从一家书店到

另一家书店

四月的夜晚

很多楼房开始亮灯

路没走错

就算走错了

也没关系

闻到风和香气

只有念头　　没有情绪

月亮是一小牙

街对面

两树繁花

要是一部小说写出来

作者不吆喝

首印也能卖个精光

就好了

这样就可以

一年一年往下写

写到老　　写到死

货车前轮下

露出半截身子

我坐的出租车被堵在

五米远的地方

司机探出头

瞪了一会说

肯定死了

那语气就像在说

今天天气不错

后来路通了

司机又说

终于通了

听起来还是像在说

今天天气不错

一棵树长在水边

树枝

往水的方向伸展

有个人在树下

站了很久

四月十五日傍晚

我们去走一段路吧

走在游行的人群中

跟着他们走

不用知道

他们去哪里

准备做什么

一直走

不停留

没有人认识我

和你

没有人说话

没有人喜欢

和不喜欢

讨厌和不讨厌

过马路的时候

有很多人站在对面

他们说

你们过来呀

我们拍你们过来

于是我们昂首

像雅典卫城里的战士一样

走了过去

在绿灯亮起的那一刻

阳光照在身上

一瓶水从我身边滚下山坡

的同时

一群希腊人走过来

发出尖叫

然后笑着看我

"你要下山捡回你的水吗"

感觉他们表达的

是这个意思

我就跑下山去捡了

返回时

人们还在那里

还有尖叫

以及掌声

在德米特里的海边

看见了烟花

点燃烟花的人

就站在我们身边

他刚才消失了几分钟

为了漆黑夜晚

烟花燃放的位置

如此适合观看

他离开

又回来

在黑夜里

在荒原里

看见出太阳了

她说，太阳照在我身上

说明太阳觉得我很美

我问，那么太阳

如果被乌云遮住了

就是太阳觉得你不美了吗

不，太阳被乌云遮住了

说明乌云觉得

我很美

那天小练穿了条新裙子

给披萨读一本书

名字叫《小英雄》

读完他说

这里面没有熊啊

我说是英雄不是熊

他坚持说真的没有熊

我解释英雄的意思

是了不起的人

你也可以成为小英雄的

他打量一下自己双手一摊

可是我就是这样

一来就是这样不是熊

你看嘛变不成啊

那个憨样子

让我觉得他就是一只熊

就是一只熊

54

这是一个

喝可乐的好天气

26.5 度，有风

穿上红鞋子

走路可以比平常快

请和我一起

去明月村

甜点师推出新品

用红豆沙做了

一朵牡丹

喜哥取名富贵

我说还是含蓄点

叫它花开吧

喜哥不同意　说

在明月村就得是富贵

以后咱们城里开店

再叫它花开

他一直坐在这儿

我不认识。他皮肤很白

穿一件灰色衬衣，衬衣扎在裤子里

他说话声音不大，每个字都咬得清清楚楚

他不是当地人。

我问他，"你要去哪里？"

我家的院子距离最近一户人家

至少有 800 米，院子外有条小路

干活的人总是从这里经过

偶尔还会有卖货郎背着货物路过

我想这个人也只是路过

"你给我点水喝。"他咳嗽了一声

不回答我的问题

果然是来喝水的

塔娜认为人生没有意义
我觉得她是对的
而且早点明白这一点
会比较舒服

但又怀着一点不甘
也许人生只是没有
现成的意义

塔娜问

你觉得我们像不像

我说像

还有啊

一想到我们像

我就觉得自己跟着你

变得更好看了

我对诗的爱

远远比不上它爱我

一开始以为欠费

打开各种缴费通道

全部充了一遍

不得行

跑下楼看闸刀

没问题

然后给物管打电话

物管说你再看看是不是欠费了

再看看是不是跳闸了

我老老实实把以上步骤

重复一遍

还是没问题

再给物管打电话

打完电话坐在家门口

等修理工

必须告诉你——

此刻是夜里十二点

娃儿们都睡了　男人不在家

一个女人坐在家门口

扇扇子　喝白开水

等修理工

停
电

雨下得实在有点大啊

雨停后

也没有期望的彩虹

那只白猫

端坐在屋檐下

像是在回忆

刚刚下过的雨

摔进水池的

妹妹

站起来

对妈妈喊

哎呀

可是我

没带游泳衣啊

书架旁坐着一对母女

妈妈很年轻

女儿十岁或者十一岁

妈妈在看手机

女儿先是望窗外

后来玩儿手里的橡皮筋

然后半躺在沙发上

朝天花板噘嘴巴

最后两只手放在桌子上

头放在一边左右晃动

别着急　还没结束

以上动作

又循环了至少五次

顺序或略有不同

而她妈妈

一直在看手机

是在大街上

当众

摔了一跤

狗啃屎

还能爬起来

拍拍屁股

对周围笑嘻嘻的

那种人

夏天的时候

特别想念冬天

想念冬天主要是

想吃烤红薯

双手捧着

大大咬一口

又甜　又烫

有人跳楼了

开建在群里说

跳楼的人哪

"立即离开了世界"

大家都不再谈论

就好像什么也没发生

楼下已经拉起警戒线

我经过那里

警车停在那里

救护车也停在那里

人们除了绕道走

没什么特别的表现

只有警戒线上的绳子

在风中飘

无非就是

站着坐着或者躺着

站的时候少

坐着躺着各一半

坐久了不舒服

躺久了

心里又不安

已经五天没有

好好说话

只是每天

感谢林大厨

"好吃，谢谢。"

有一晚

想给一个朋友发语音

张口的时候

突然有点不好意思

赶紧改成

打文字

我来给你们

算笔账

就说剪指甲

一个孩子有

十个手指头

十个脚指头

加起来就是

二十个

三个孩子

二三得六

六十

再加上自己的

也就是说

每周我要剪

八十个

指甲

养三个孩子是什么感觉

姐姐问妹妹

我乖不乖

妹妹不会说

姐姐补充

乖就点点头

妹妹就

点啊点啊点

不停地点

星期四下午五点

妈妈要站在校门口

披萨走出校门的时候

第一眼看到的

必须是妈妈

妈妈，请把我这句话

写在纸上

网上买的《小时候》

被妹妹拿走

姐姐又霸占了

格格送我的《小时候》

我说

这不是为你们小孩子

写的书

姐姐叹口气

虽然我们是小孩子

但请不要

把我们当小孩子

王大爷是位诗人

长得好看　话很少

他每次说话

我都赶紧凑过去

有点担心

听不到

石宝宝是

王大爷的爱人

长得比王大爷

还好看

坐在哪里

都喜欢

盘腿

我以为她练瑜伽

后来她说

她是东北人

昨天夜里

黄鼠狼来了远家

证据是

竹林鸡舍里

26 只鸡全死了

黄鼠狼并没有吃掉鸡

而是咬破了 26 只鸡的脖子

再溜之大吉

小超说

监控显示是两只黄鼠狼干的

至于现场画面

实在太惨烈

你们就不用看了

我确实也没有跑去看

只是百度输入了"黄鼠狼"

照片弹出来

实在不敢相信那就是

咬死 26 只鸡的

黄鼠狼

是个意外

谁都没有做好准备

假如过程里

有人后悔了

那也正常

不是每个人都懂

这意外的意义

你站在我对面

一开始风往我这边吹

不管你说什么

风都会把你的话送过来

但你说那句重要的话

的时候

恰恰风

在往你那边吹

我没听清楚

也不敢请你

再说一遍

风乱吹而我们距离遥远

还有大把的时间

该发生的慢慢发生

已经发生的再来一次

每次品尝一点点

就像吃葡萄

从最酸的那颗吃起

这样每吃一颗

都是吃过的里

最甜的

偷偷看了一眼

小素微信

妈妈的备注名是

爱与美之神

赶紧拿过来看爸爸的

同样是五个字

臭死老爸子

小练爱泡饭

小素不喝汤

只爱白开水

披萨整天吃

花菜和莴笋

一个妈生的

骑电瓶车

送孙子上学的老爷爷

大喊"幺儿哪，手掌好"

过路人低头看手机

被保安提醒注意脚下

鞋子掉在地上

妹妹说　妈妈

我的鞋子没有脚了

幼儿园门口老师质问

今天疯狂发型日

披萨你的发型怎么不疯狂

披萨摸摸头

可是我有两个旋呀

朋友说

小素脸好小哦

我说其实

她不瘦

边说边拉过来

小素的两只手

你看嘛

手上全是肉

对啊，小素说

所以这么大的手指头

都伸不进

这么小的鼻孔

对着店员喊

三只奥妙蛋

哦不对

是特奥蛋

也不对应该是

奥特蛋

店员从货架上拿出蛋

对我说

这位妈妈记住了

这个蛋叫

奇趣蛋

生气

哎呀呀

心情好

哎呀呀

出门忘记带钥匙

哎呀呀

孩子不听话

哎呀呀

失眠

哎呀呀

吃到双皮奶

哎呀呀

哎呀呀

特别好用

昨天早餐

林大厨煮了一碗海鲜面

一半海鲜一半面

只吃了海鲜没吃面

今天早餐

变成了

更多海鲜很少面

担心明天会

全成海鲜没有面

赶紧吃几口面

怎么好意思跟林大厨说

只是喜欢

海鲜面里的海鲜

不是

喜欢海鲜

妹妹翻箱倒柜

找出一袋奥利奥

捧在手里说

"亲爱的饼干

你好

我要吃你了

对不起

谢谢

再见"

披萨在哭

我在沙发上

躺着

躺了五分钟

不为所动

再躺一分钟就让我

做一个狠心的

六分钟不动

的妈妈吧

要说家里

最喜欢的地方

当然是厕所那

几平米

坐在马桶上

就可以名正言顺

不管娃

他讲完那段话　　　　　　　　　　　　　　　　　　**等**

就把嘴巴保持在

还要继续讲的状态

然后就是沉默了

我的嘴也张开

似乎要说出点什么

但其实我

随时在等他

再讲点什么的时候

把我的嘴闭上

那个带走了孤独的人

同时把另一种孤独

给了她

孤独从此变样了

"黄昏是一天中

最好的时候"

这是最后一章里的

一句话

读完

也正好是黄昏

于是合上书

走出家门

昨天下过的雨

今天又在下

下得完全一样

像好多年前那场雨

只是那时候我们

一起淋雨

但现在

谁都不想

走到雨里去

五年前和小超

在一块荒地上合影

那块荒地

是现在的远家

当时我们说

等远家修好了

要在同样的位置

同样的动作

再拍一张合影

但是五年过去了

那个位置

到底在哪里

谁也不确定

那个女人

生了很多孩子

又或者一个孩子

二十年过去了

又或者十年

时间有时很短有时很长

她还记得那条街

在转角处

第七步台阶

打开门上楼

然后是通往未知的

已知的走廊

她还回头看见一棵树

后来还有窗户

从哪里吹过来又

不知所终的风

她记得窗帘

并没有完全遮住

白天的阳光

她说

她的一生

就在那个明晃晃的白天

那些树和窗框的

阴影里

在温暖和轻微的战栗中

被确定了某种

不可更改的基调

小时候

放学回家的路

总也走不完

我对贝壳说

来吧我背你走一截

贝壳扑到我背上

开心得嘎嘎叫

过一会儿我把她放下来

对她说

好了现在该你背我了

他是个温和的人

不，他是个温柔的人

有区别吗

当然

温和是教养

而温柔

是一种情感

十二月的上海

雨夹雪的天气里

他们就这样说起一位朋友

和一种感觉

买了一只花瓶

实在太好看了

好看到

没有一种花

配得上它

花
瓶

忘了放下马桶圈

一屁股坐上去

落空　冰冷　硬

硌得心一慌

开花洒的时候

错按了地方

冷水

从上空泼下

全身湿透

当时是觉得有点恐怖

想快点开过去

整个路口特别安静

一点也不像想象中的车祸

那个人肯定死了

但是所有人的表情都很平静

那个死掉的人距离我

只有五米远的样子

救护车和警车停在路边

没有警报声

只有灯在闪

还在闪　　还在闪

悲伤必不可少

不为具体人事

是对不可更改之物的接纳

怀着一点点不平

再加点平静

不需要太多

不需要想起"我很平静"

天气要好

微风，树影下蝉在叫

两三只就够

多了嫌它们吵

菜市场里的

番茄、苦瓜和卤猪蹄

分别都是

番茄、苦瓜和卤猪蹄的样子

没有买太多

一只手拎起往外走

另一只手还能

打把遮阳伞

村里下了一场雪

鸟儿不出门

连狗都不叫了

方圆三公里的秘密

瞬间死去

一个垂死的老人

赶地铁

打瞌睡

刷牙

洗澡

拄着拐杖

费力爬坡

这时候

弹幕出现一句话

"以诗的悲哀

征服

生命的悲哀"

男人皱着眉头

弯腰驼背

嘴巴半开半合

四周空旷且安静

摩托车的轰鸣

在紫色天空中回响

天快黑了

男人朝地上

吐出一口痰

老家有个小女孩

她五岁那年

第一次进城来我家

她说话女儿听不太懂

女儿说的话她也不太懂

于是她们就不说话

她俩去了游乐园

到晚上的时候

女儿忍不住问她

表妹呀你今天开不开心

她想了想说

开，很开，只有那么开了

从那天起

只要有人跟我说

很开心

我就想说

我也开，很开

莫西是老乡

因此他送的樱桃

也来自老家

在老家

樱桃不叫樱桃

我们说　恩桃

就好像

樱桃是天生的

而恩桃

带着人世的悲欢

给孩子们准备早餐

牛奶倒入奶锅

一点阳光照进来的时候

哎呀

突然想起一件事

在最好看的

二十岁那年

没有爱过也没有

伤害过

也不喜欢

喝牛奶

所有肌肤之亲里

我最喜欢的是

挠背

想吃鸡蛋就可以吃到

美好的鸡蛋

读完一本好书

还能走出家门散步

阳光绿树和风都让人愉悦

人为什么还要不安

词语和词语

相互寻找

左边　右边

上面或者下面

结构合理

平铺

直叙

只说细节

不讲道理

少谈感情

没有省略号

坚决抵制

感叹号

梦见弄丢了

一个孩子

醒来发现

昨天已将她送去了

寄宿学校

三
月
三
日

一个诗人

在四十一岁醒来

突然发现

自己

原来是个诗人

四十一岁了

只在舞台上抽过烟和

对着镜头抽烟

所以今年的心愿

是找个不下雨的傍晚

蹲在街边

拿出打火机

点燃一支烟并

真的抽完

一支烟

吃火锅的时候

问在座的人

关于那件大事

你们赞成还是反对

短暂的沉默之后

有人轻声说

随缘

英姐喝醉了

见人就喊龟儿子

我碰一下她胳膊

她就试图把我抱起来

转个圈

那个三哥啊

他有安排了

他今天的日程

是洗衣服

就两件衣服

能洗一天吗

三哥说能

那就能

我不由得想象

洗衣机转动的声音

真好听

喝醉了
又怎样
不醉也可以
爬上桌子
跳舞

又

在登机口

人们排着队

没有别的事

就只是把自己

放进机舱

这个简单的动作

无所谓完美和缺憾

一步一步走近

到最后

跟着起飞

关在房间里

写一部写不完的小说

十天之后再出门

世界比自己以为的明亮

习惯了阴影的人

阴影就成为身体的一部分

在旧的阴影里

抱紧新的阴影

他们问

你怎么不写爱情

爱情啊过于神秘

生怕一写出来

就没了

只有在深夜

困了却

舍不得入睡的时候

才想起自己是个

脆弱的人

把两盆花移到阳台

和小披萨捉到三只鼻涕虫

走路闻到柑橘花香

打电话给表姨

嘱咐她买点小白菜种子

在阳台抽烟的上午

盯着小叶榕

十分钟

这是我在这个春天做过的

与春天有关的事

在手机上设置

倒计时 60 分钟

按下开始的一刹那

就变成了

59 分 59 秒

答应了一件事

说没问题的同时

就后悔了

那也没办法

一个不懂拒绝的人

只会一再重复

好的好的

没问题　没问题

昏昏沉沉

一段雾气蒙蒙的沼泽

其实是舒服的

就不吃药

让我在这里多待一会儿

前方太清晰

如果不是在医院

不是一个人焦急中等待

又或者走廊上人很多

都不可能说出那些话

还可能因为天气

看起来就要下雨了

又总下不来

安娜的哥哥

奥布朗斯基

被老婆发现出轨后

当场笑了

而我小时候

夜晚偷甘蔗

主人家的手电筒

射过来

我对着那束光说

甘蔗吃一根

可以不

她很想说

孩子还小

如果此时离开

没关系

孩子不会难过

会忘了她

但她没说

只是

往角落那株

天堂鸟

深深地

看了一眼

等车时才回过神

刚才在台阶下

和爸妈道别之后

忍不住回头

看了他们的背影

所以这一段不长的路

才走得那么艰难

父母已进入

医院的玻璃门

任我怎么哭

父亲也不会醒来的

那一刻

我知道了

最深的道理

过去　现在　未来

一个人

他说你要

用力放轻松

请问我

怎么做到

用力

放轻松

生病的披萨说

我的心里有火

吐出来就会燃烧

要是我用力吐

就会吐到美国去

就会吐到日本去

就会爆炸

砰的一声爆炸

我还记得某个下午

霞光普照

在老家屋檐下的长椅上

我想跟父亲谈谈人生

然而我说出口的是

天气不错啊

是的不错　父亲说

谈话结束了

那是我们唯一的机会

叶春来酒店看我

提到我离去的父亲

我几次打断了她的话头

实在不知道如何安慰

一个企图安慰我的

好朋友

起先是一根针

迅速扎进身体某处

后来不再剧烈

缓慢　无孔不入

像海绵在吸水

一点一点

弥漫开来

如果一个人足够幸运

白天的梦

就会在夜里成真

比如没喝完的一杯酒

以及没有说出的

下半句话

对这一点我始终抱着期望

人就算不会瞬间长大

也会瞬间变老

在阳台上半躺着这么

想了一会儿

今天的阳光真好

好像它不是从上空照下

而是从古老的过去照过来

它是旧的

它见过所有的亲人

我的父亲

在烈日下半闭双眼打瞌睡

头碾街逢单赶场

这个月新开了一家

丧葬用品店

我爸不在的这几十天

我妈瘦了十来斤

今天见到我妈的时候

她正在和邻居开玩笑

我也就笑着说

瘦下来很漂亮嘛

她摸摸自己的脸

继续笑

还说那是那是

瘦点好

我们之间的交流

就是这样

没有道理

妈妈一个人

住在县城

昨晚小学同学铃铛说

她爸妈常在我家打麻将

深夜才回自己家

她还说

常在河滨公园看见

我妈和朋友们逛公园

这两天蓝花楹

开满了米易

听起来

只是听起来

妈妈她并不孤单

奶奶的菜地里

种着玉米、白菜和艾蒿

中间夹杂了

一旁飘来的花瓣

那是爸爸生前种下的

红色三角梅

米易好热啊

好热啊

不远处空气在晃

"像流动的玻璃"

凌晨三点后

第一次鞭炮响起

屠夫来了

第二次

开膛破肚的帮工来了

第三次厨师来了

陈加林看来的人不太多

又炸响了第四次鞭炮

果然又穿过田埂翻过山头

来了不少人　没有意外

唯一的意外是

就连屠夫

也是女人　中年女人

视力越来越差

去年配的那副眼镜

今年不好用了

度数在增加

散光更严重

尤其在夜晚的时候

车灯会变成一团一团

晕染过的火焰

店员建议换新的镜片

我说算了

却开始准备有一天

当近视散光和老花一起

扑过来的时候

可以做到

像此刻一样

摇摇头

算了　算了

平静中

接受生活将不再有

变得更好的可能

在乡下老家的客厅

铃铛的妈妈

对我妈说

这么多年

你家蝴蝶都没变样

我妈笑起来

转身看我

不不不

蝴蝶也老了

九十五岁的奶奶

问了我一个问题

为什么小孩子没牙齿

嘴巴不会瘪

而她自己

现在

就瘪了呢

胖子越来越多

年轻的女人越来越少

大家在抱怨

什么都不好吃了

肉没有肉味

菜没有菜味

那还吃什么呢

喝酒吧

吃烧烤吧

辣椒越放越多

小关家坐落在公路下面

一处拐弯的坡地

他家屋顶上

躺着一辆摩托

不久前的夜晚

一个醉鬼

从公路上冲下来

小关说

那个醉鬼啊

没死

当场弃车逃跑

再也没回来取他的

摩托车

厚厚的灰尘堆积在窗户上

窗外白花开得美

海棠或者梨花

这花和灰尘

让我想到这段时间

接二连三的丧失

悲伤突然就变成了空气

灰
尘

春天刚开始的时候

安靖纺织市场的摊主

都穿上了夹棉家居服

一模一样　灰色格子

那是其中一位老板

去年冬天

卖不出去的货品

今天最平静的时刻

是站在窗前

等微波炉加热牛奶的

那两分钟

平静到想写下来

写成一首诗

他的房间一直空着

我中午在其中睡了一觉

醒来天光明亮

一时搞不清自己在哪里

直到看见窗户外一枝三角梅

从楼顶垂下

挺安心的

我不想抒情

花没开的时候

盼花开

花开了

就只在树下

狠狠地

想你

如果孤独不可避免

我就找个理由爱上孤独

而和你在一起的时间

是为你的消失

做准备的时间

火龙果的花

在夜间开放

（和昙花一样）

农民要在夜间

人工授粉

一干就是一通宵

不然

哪儿来那么多果子

枇杷有点不一样

开花之后结果

果实太多了

要疏果

剩下的才能长成大果

大果小时候得套上袋子

不然会被鸟儿啄食

成熟了从枝头摘下

又要去掉袋子再套上

另一种袋子

以避免运输过程中被挤坏

直到它们被吃掉

枇杷和火龙果要经历的事情

都是人的参与

傍晚和小素走在路上

路过一株海棠

她站定了说

你先走

我要和海棠待一待

我往前走

走到一树红梅前

也站定了

转身说

海棠花你好

小素在远处朝我挥挥手

红梅花你好

妈妈

你不在家的这些天

两只燕子飞来筑巢了

我打电话

只是想问问

能不能把它们

写进诗里

诗人说

诗和酒这两样

不能没有

我说要是

必须拿走一样呢

他捏着酒杯

一饮而尽后

那还是　酒嘛

互道晚安之后

下起了大雨

还有狂风

于是在狂风和大雨中

写下这首诗

送给你

读完一本诗集

喝掉半杯咖啡

离那个约定好的电话

还有十分钟

于是走向阳台

点燃一支烟

有人问我

你为什么要写小说

因为我想这样活

而不是那样活

那天下午

在雨中奔跑

不知为何有那么点

像在时代中

奔跑

六月十一日

我说

这几年的时间

怎么这么快

一定是谁偷走了它

知（一个女孩）很惊讶

你真的认为有小偷吗

太天真了

小时候

快乐就是开心

幸福就是

美满的样子

现在

快乐的时候

会想哭

而有一天

哭着哭着就

笑起来了

能写诗真好

就像我们都是

第一次活着

第一次爱

和痛

宁不远，即曾经的宁远。她不仅身份多变，名字也有好几个。宁远，宁不远，都不是她的本名，本名是张文美。知其本名的很少，仅限于她的家人，亲戚，亲密的朋友，以及她在大学教书时的学生。被广为人知的当然是宁远，即那个做电视主持人的宁远，做"远家"服装品牌的宁远。至于宁不远，是她去年出版第一部小说《米莲分》之后，开始为人所知，原来宁不远就是那个宁远。

她的小说《米莲分》出手不凡，首发在我主编的"两只打火机"公众号，之后被《山花》杂志作为头条刊发，再然后入围"宝珀理想国文学奖"。如果说四十岁开始写小说的她获得如此成绩是一种偶然和运气，那么，紧接着她又写出了第二部小说《莲花白》，其水准不在《米莲分》之下，甚至有更深入和宽阔的气象，那就不是一种偶然和运气了，只能说，一个写小说的宁不远，是水到渠成，有备而来。

除了主持人宁远，大学教师宁远，企业家宁远，以及写小说的宁不远，这些广为人知的身份之外，她其实还有一个比较不那么有名的身份，即诗人宁不远。这篇文章的初衷，就是要说一说写诗的宁不远，她如何写诗，以及她的诗究竟写得怎么样。

首先我想给她贴一个标签，天生的诗人。何为天生的诗人？就是当一个人还没开始写诗，其体内已有一种"诗性"的存在。这样说有点玄，因为"体内"我们看不见。好在"体内"的属性总要透出一些到"体外"，形成我们能见的诸多端倪。比如她做新闻主播的时候，平常都是中规中矩的，但遭遇2008年5月12号汶川大地震那个时刻，在播报遇难者人数的时候，她抑制不住地哽咽，失声，几乎不能播报下去。作为新闻主播，这也许是不专业的（好在专业机构打破教条授予她"金话筒"奖），但作为体内蕴藏了诗性的人，这却是一种自然的流露。再比如，日常生活中，她无论穿着打扮，言谈举止，都很不起眼，少言寡语，是一个标准的普通的邻家女孩。但一旦条件具备，气氛合适的时候，她会有惊人的让人全然陌生的举动，比如跳上桌朗读，表演一段泼妇的独白，像喝了酒一样。我称其为喝饮料都会喝出酒意的人。这也是体内蕴藏着诗性的一种表现。

当然，你可以说生活中这样突然爆发（人来疯）的人很多，难道这样就可以写诗，并成为诗人？那我就再挖两个更能说明她必然会写诗的"证据"。一个是她的朗读。作为播音员和主持人，朗读自然是她的专业。但她在读一首诗或一篇散文的时候，并非以我们习以为常的那种"专业"的腔调，而是去除了训练有素的那些技巧，将声音与节奏还原到自然的语调。只有具备诗性的人，才能对诗和语言有这样的理解。也只有这样理解诗和语言的人，才能写出好的诗。再一个就是她的日常生活状态，这个很不容易察觉，但却是诗性人格最为关键之所在，就是对自我的凝视。简单通俗地说，就是当她端起一杯咖啡的同时，也在看着这个端起一杯咖啡的人。我们许多人，其实对自己活着这件事是少于观照的。而诗人是要对活着的自己，以及自己赖以活着的环境有所审视的。其实也不是所有诗人都这样，如果写诗的都叫诗人的话。所以，对于真正的诗人来说，体内必然具备"自我凝视"这一天生的诗性。

说了这么多，其实关于宁不远是天生的诗人的最佳"证据"，莫过于她已经写出的那些诗。我们让作品说话，引出一首首具体的诗，来看看她是如何写诗，以及究竟写得怎么样。

四十一岁了
只在舞台上抽过烟和
对着镜头抽烟
所以今年的心愿
是找个不下雨的傍晚
蹲在街边
拿出打火机
点燃一支烟并
真的抽完
一支烟
——《说起来》

一首诗能够让人眼前一亮，就是它的切入点是新鲜的，能说出他人未说出的话。一个四十一岁的女人，很少会有"蹲在街边／拿出打火机／点燃一支烟并／真的抽完／一支烟"这样的"心愿"。这个心愿可以说是好奇或好玩，但也可以从深层次分析，是一种自我反叛或调整，摘下面具，去掉束缚，展露出真实的自己。而比这种意义阐释更为重要的是，她表达意义的落点——蹲在街边抽完一支烟，具体而生动，以及，又能将这样的落点用十句分行的话语自然而又流畅地"说"出来。即使我们不去挖掘其意义，其话语也构成了一幅可视的图景，并在听觉上制造出一段虽平缓却不失冲击力的旋律。

这首诗是宁不远两年前刚开始写诗不久的"早期"作品。她之前应该是一个"成熟"的诗歌读者，读过不少翻译诗，以及当代汉语"名诗"。之所以延迟到四十一岁才开始"写"自己的诗，就是一直没找到恰当的契合自己体内诗性的形式和出口，偶然的（也是必然的）机遇，她"遇"到了，便实现了如沈从文所说的"一次性解决"，即绕过漫长的学徒期，到达了韩东在评论小安时所说的那句话，"跌落在高处"。这种高起点，在女性诗人身上表现得尤为突出，小安如此，宁不远如此，桑格格如此，路雅婷、翟晚、许丁丁莫不如此。而能够"如此"的先决条件即是"天赋如此"（翟永明语），也就是体内蕴藏着天生的诗性，以及，后天对什么是"诗"的超常的领悟能力。

下班回家就好困

在沙发上躺着

做了一个梦

披萨问我吃不吃消防车

我说不想吃

他又问我

那吃不吃垃圾车

我太困了

只好说吃吃吃

醒来看见手里真的

有一辆车

是洒水车

——《没有睡午觉》

也因此，像这首诗一样，哪怕是在梦境中，也能敏感地捕捉到一种"儿语"般的诗性话语，构成不止于传达童趣的诗的形式和语言，而延伸出这首诗更深层次的意趣。诗中的情绪难以言传，却又让人会心和共情。尤其结尾三句，写醒来之后，既是对梦境的一种呼应，又是很妙的一个转折。妙，而不是巧，这个结尾可当做诗如何结尾的教学案例。

关于孩子，关于母亲角色，她还有一首更让人感慨的诗——

我来给你们
算笔账
就说剪指甲
一个孩子有
十个手指头
十个脚指头
加起来就是
二十个
三个孩子
二三得六
六十
再加上自己的
也就是说
每周我要剪
八十个

指甲

——《养三个孩子是什么感觉》

这首以数字为结构，由算术做推进的诗，客观，冷静，看似没有做任何表达，却蕴藏着一个带着三个娃的母亲饱满的情绪。这首诗的获得（成型），可能仅仅是一秒钟的灵感，但灵感的背后，却有着长达十年以上的积蓄，甚至是磨炼。养三个孩子是什么感觉，不言而喻。一个问句式的标题，其解题的方式，让人惊叹。

让人惊叹的当然还有宁不远的日常生活，管理着一家企业，还养着三个孩子，还有帮朋友张罗、客串主持等社会活动，还要写小说、写诗，朋友们（也包括我）每每好奇她是如何做到的，至少时间如何分配，空间如何转换，就让人困惑。她自己有过解释，就是每一件事都不会用力过猛，包括养孩子这件事情，不会像多数家长那样"紧张"，工作也是，不会独断专行，而是依靠团队，注重细节但不会有完美主义的执念，所以也就没有想象中那么大的压力。而我的解读是，因为她还能写诗。是的，写诗，而不仅仅是写小说。写小说也是一件工作，写诗却能松动和消解日常中的各种纷扰和疲累。虽然她正式写诗才两年多，但没"写"之时，也是天然匿于体内的诗性给了她润滑和慰藉，也带给她于时间的分配和空间的转换上一种从容与自如。我认为，她对时间和空间也是有自觉且深入的思索的。这从她的小说《米莲分》和《莲花白》的时空结构和叙述时态就可以感知到。这里仅以她的诗为例——

去年此时
车行至鲁朗
拍了一张窗外

发给遥远的旧人

而现在

鲁朗迎来又一个夏天

接着是秋天和冬天

还有春天

那么从现在起

旧人和鲁朗

都是新的了

——《鲁朗》

昨天下过的雨

今天又在下

下得完全一样

像好多年前那场雨

只是那时候我们

一起淋雨

但现在

谁都不想

走到雨里去

——《雨》

一个诗人

在四十一岁醒来

突然发现

自己

原来是个诗人

——《一个诗人》

《鲁朗》里去年，现在，以及旧人，既是一种时间的回溯，又是往事的拉近，这种时间的转换构造了人与景的新旧转换，即旧的人，旧的鲁朗，在此时又成了新的人，新的鲁朗。这首诗也因此获得了一种时空交错的结构，而非平铺直叙的线性呈现。同样，《雨》也是，昨天的雨，今天的雨，以及很多年前的雨，一样的雨，却因时间的不一样（很多年前下雨的地点也应该不一样），制造出一种立体的语言空间（即时空感）。而《一个诗人》，则是将一种"发现"，与四十一年这个时间相勾连，短短五行 23 个字的一首诗，却带给人一部长篇自传的体量感和冲击力。类似的具备时空转换形式的诗，是否有助于消除我们对她在日常生活中是如何做到时间与空间的合理分配的那种困惑呢？我确信是可以的。

写诗的宁不远，到目前为止，已写了160 余首诗（均首发于"两只打火机"公众号）。这些诗都基于日常生活环境中的发现与捕捉，是一种"独白"式的话语书写（虽为"独白"，但叙述的角度和形式，乃至语言的节奏与音调却并非单一、重复的，而是随物赋形，一诗一例），而且写与生活，诗与环境，均构成了一种同步乃至同质的关系。诗及生活，生活及诗，不在远处，而是此时、此刻与此在。这165 首诗，写孩子、写亲情的比重较大，这也让诗成为她情感的一个出口。写孩子的诗前面已有举例，写亲情的，尤其是写父亲的，是我认为十分有分量的诗。如果说她在写孩子以及自己的日常琐事时不乏轻松与幽默（"在别处拍照／总希望照片里没人／这里人太少／就喜欢对着人拍／实在找不到人／一只狗也行"——《黄龙岛》），并透出些许玫瑰色的暖意（"看见出太阳了／她说，太阳照在我身上／说明太阳觉得我很美／我问，那么太阳／如果被乌云遮住了／就是太阳觉得你不美了吗／不，太阳被乌云遮住了／说明乌云觉得／我很美"——《那天小练穿了条新裙子》），那么，写父亲的几首诗，则代表了她诗歌的另一个偏向凝重、悲哀与冷调子的向度。这种变化除了她天性中有积极、向上的一面，相对应地也有消极与向下的一面之外，父亲今年的突然病故，无疑是一记重击，加重了其内心的那一层阴影。这是她人生中第一次失去至亲，其心里的痛，以及生命无常的意识震动，都是可想而知的。作为已开始写诗的诗人，对这一遭际不可能永远回避，保持沉默。她写了，但却写得十分的克制——

任我怎么哭
父亲也不会醒来的
那一刻
我知道了
最深的道理
过去　现在　未来
一个人
——《就在那一刻》

他说你要
用力放轻松
请问我
怎么做到
用力
放轻松
——《鼓励》

叶春来酒店看我
提到我离去的父亲
我几次打断了她的话头

实在不知道如何安慰
一个企图安慰我的
好朋友
——《安慰》

人就算不会瞬间长大
也会瞬间变老
在阳台上半躺着这么
想了一会儿
今天的阳光真好
好像它不是从上空照下
而是从古老的过去照过来
它是旧的
它见过所有的亲人
我的父亲
在烈日下半闭双眼打瞌睡
——《四月一日》

奶奶的菜地里
种着玉米、白菜和艾蒿
中间夹杂了
一旁飘来的花瓣
那是爸爸生前种下的
红色三角梅
——《四月八日》

他的房间一直空着

我中午在其中睡了一觉

醒来天光明亮

一时搞不清自己在哪里

直到看见窗户外一枝三角梅

从楼顶垂下

挺安心的

我不想抒情

——《父亲走后》

"不想抒情"，对宁不远来说，这种表达与表现之间的平衡，既是天然的性情（或人生境界），也是自觉的美学观念，并由此保证了其诗作的高处品质。最近听闻她正在写一部与父亲有关的小说，我想，这几首写父亲的诗，一定会成为她这部小说的底色。有了这样的底色，这部小说也必将是"重情"而不是"抒情"的。

2023 年 11 月 22 日　华阳